Le plus beau jour

Du même auteur

Aux Éditions Gallimard

INVERSION DE L'IDIOTIE, roman, 2002.
ENTRE LES OREILLES, roman, 2002.
LE POTENTIEL ÉROTIQUE DE MA FEMME, roman, 2004 (« Folio », n°4278).
QUI SE SOUVIENT DE DAVID FOENKINOS ?, roman, 2007.
NOS SÉPARATIONS, roman, 2008 (« Folio », n°5001).
LA DÉLICATESSE, roman, 2009 (« Folio », n°5177, « Écoutez lire »).
LES SOUVENIRS, roman, 2011 (« Folio », n°5513, « Écoutez lire »).
JE VAIS MIEUX, roman, 2013 ; (« Folio », n°5785).
CHARLOTTE, roman, 2014 (« Folio », n°6135, « Écoutez lire »).
CHARLOTTE, Avec des gouaches de Charlotte Salomon, 2015.
LE MYSTÈRE HENRI PICK, roman, 2016.

Aux Éditions Flammarion

EN CAS DE BONHEUR, roman, 2005 (« J'ai Lu », n°8257).
CÉLIBATAIRES, théâtre, 2008.
LA TÊTE DE L'EMPLOI, roman, 2013 (« J'ai Lu »).

Aux Éditions Grasset

LES CŒURS AUTONOMES, roman, 2006 (« Livre de Poche », n°32650).

Aux Éditions Plon

LENNON, 2010 (« J'ai Lu », n°9848).

Aux Éditions Albin Michel

LE PETIT GARÇON QUI DISAIT TOUJOURS NON, en collaboration avec Soledad Bravi, 2011.
LE SAULE PLEUREUR DE BONNE HUMEUR, en collaboration avec Soledad Bravi, 2012.

David Foenkinos

Le plus beau jour

Théâtre

Flammarion

ISBN : 978-2-0813-8788-1

Cette pièce a été créée pour la première fois,
le 14 mai 2016, au Théâtre Hébertot,
dans une mise en scène d'Anne Bourgeois,
avec Arié Elmaleh, Constance Dollé,
Marie-Julie Baup, Davy Sardou
et Dounia Coesens.

Scène 1

Le plateau se divise en deux parties. À gauche un couloir assez large. À droite une chambre. Selon les scènes, on pourra plonger dans la pénombre, l'une ou l'autre partie du décor.

Dans une chambre d'hôpital, une femme est allongée. Elle a accouché peu de temps auparavant. Le couffin est à côté. Un homme entre. Il regarde un instant son fils, puis sa femme. Puis s'assoit au bord du lit.

PIERRE

Je suis épuisé.

Nathalie ne répond pas.

PIERRE

Je suis vraiment crevé.

Après un temps, il regarde sa femme.

PIERRE

Oh excuse-moi mon amour… comment ça va toi ?

NATHALIE

Ça va… bien… très bien…

PIERRE

Oui, c'est vrai que tout s'est bien passé. Je n'en reviens pas.

NATHALIE

Ah bon ? Pourquoi ?

PIERRE

Je ne peux pas t'expliquer. J'avais l'impression que cet enfant ne sortirait jamais. Je ne sais pas. Ça fait combien de temps que tu es enceinte ?

NATHALIE

Ben neuf mois.

PIERRE

Ah bon c'est tout ? Ça m'a paru une éternité.

NATHALIE, *après un temps*

Tu es sûr que ça va ? Tu as l'air tout bizarre.

PIERRE

Mais oui ! C'est le plus beau jour de ma vie. Je n'en reviens pas… je suis père !

NATHALIE

Je te rappelle que nous avons déjà deux enfants.

PIERRE

Oui… enfin deux filles… c'est pas pareil… là… c'est un fils…

NATHALIE

Mais ça ne va pas de dire ça !

PIERRE

Oui pardon… tu as raison… je ne sais pas pourquoi j'ai dit ça. Je ne me sens pas très bien. J'ai comme des contractions.

NATHALIE

Tu veux que j'appelle l'infirmière ?

PIERRE

Peut-être… oui…

Nathalie appuie alors sur un bouton.

NATHALIE

Elle va arriver… ça va aller ? Tu as mal quelque part ?

PIERRE

Non… j'ai la tête qui tourne… j'ai la nausée… je ne sais pas ce qui m'arrive… ça ne m'a pas fait ça pour les filles… c'est comme si je ressentais subitement une pression énorme…

Il se lève et regarde son fils.

PIERRE

Tu vois… ce petit bonhomme… tu vois…

NATHALIE

Quoi ?

PIERRE

Plus tard, je vais jouer au tennis avec lui…

NATHALIE

Et alors ?

PIERRE

Mais je n'ai pas envie de perdre c'est tout. Et c'est sûr qu'un jour il va me battre !

NATHALIE

Oui enfin tu as le temps. Il vient tout juste de naître.

L'infirmière entre à ce moment. Elle est plutôt jeune et jolie.

L'INFIRMIÈRE

Vous m'avez appelée ?

NATHALIE

Oui… c'est pour mon mari. Il ne se sent pas très bien.

Pierre regarde l'infirmière, et change de tête.

PIERRE

Ah bon ? Pourquoi tu dis ça ? Je me sens très bien.

NATHALIE

Mais il y a deux minutes, tu disais…

PIERRE

Je ne disais rien du tout. Je disais que j'étais fier de toi.

L'INFIRMIÈRE

Bon… si tout va bien… je vous laisse alors.

L'infirmière sort.

NATHALIE

Tu es complètement fou.

PIERRE

Oh écoute. Ce n'est pas tous les jours que...

Il s'arrête, et regarde sa femme.

NATHALIE

Quoi encore ?

PIERRE

Rien. Tu as raison. Je suis fou. Je suis fou de toi.

NATHALIE

C'est vrai ?

PIERRE, *s'excitant subitement*

Oui, c'est vrai. Et je suis fou de ne parler que de moi. Je vais bien m'occuper de toi. Comment tu te sens mon amour ?

NATHALIE

Ça va.

PIERRE

Tu as besoin de quelque chose ?

NATHALIE

Non, ça va.

PIERRE

Tu veux que je te lise le journal ? Parce que si tu as besoin de quelque chose, surtout tu n'hésites pas à me le dire.

NATHALIE, *en souriant*

Oui d'accord.

PIERRE

Attends je vais te chercher un verre d'eau.

Il va chercher un verre d'eau.

Tiens bois ça. Ça te fera du bien.

Nathalie boit sous le regard vérificateur de Pierre.

NATHALIE

Ça va… tout va bien. C'était de loin l'accouchement le plus facile des trois.

PIERRE

C'est tout mon fils ça. Il sait faciliter la vie des femmes.

Il se lève et regarde son fils.

Il est si… oh… et il est…

Pierre s'arrête de parler.

NATHALIE

Quoi ?

PIERRE, *paniqué*

Je le vois… je le vois bien… il est en train de me battre… il vient de gagner le premier set 6-4 ! Tu te rends compte ?

Nathalie se met à rire. Pierre s'approche d'elle.

NATHALIE

Je crois que je vais me reposer un peu.

PIERRE

Ah non… pas tout de suite.

NATHALIE

Pourquoi ?

PIERRE

Parce que j'ai dit à Michel de passer.

NATHALIE

Quoi ?!

PIERRE

Ben oui, c'est mon meilleur ami. Je voulais lui présenter mon fils.

NATHALIE

Mais ça aurait pu attendre. Et puis tu aurais pu me demander ? C'est vraiment pas sympa ça…

PIERRE

Mais ne t'énerve pas !

NATHALIE

Si ! Je m'énerve, je n'ai pas envie de le voir. Tu sais très bien que j'ai besoin d'être tranquille dans ces moments-là. J'ai même demandé à ma mère de passer plutôt demain… et toi… tu invites Michel.

PIERRE

Mais c'est Michel.

NATHALIE

Michel ou pas Michel, je trouve que tu abuses.

PIERRE

Ne te mets pas dans cet état mon ange… il sait très bien que tu es fatiguée… il va juste passer cinq minutes.

NATHALIE

La dernière fois que tu m'as dit ça, il a dormi deux ans sur notre canapé.

PIERRE

Ah non, tu ne vas pas me reprocher ça.

NATHALIE

Je ne te reproche rien. Je te rafraîchis juste la mémoire sur le fait que ton meilleur ami n'est pas du genre à passer rapidement où que ce soit.

PIERRE

Est-ce que par hasard tu ne serais pas en train de le traiter de parasite ?

NATHALIE

C'est toi qui as dit le mot.

PIERRE

En tout cas, les choses sont différentes maintenant. Il est fou amoureux.

NATHALIE

Et alors ? Qu'est-ce que ça change ?

PIERRE

Ça change tout. Il n'est plus seul au monde… il ne s'accroche plus à nous comme une moule sur un rocher.

NATHALIE

Et c'est qui sa copine ?

PIERRE

Je ne sais pas. On va la rencontrer tout à l'heure.

NATHALIE

Ah parce qu'elle vient aussi ? Tu es vraiment lourd, Pierre. T'aurais dû les inviter à dîner dans la chambre tant que tu y étais.

PIERRE

Excuse-moi, mais je ne pouvais pas lui refuser ça. Dès que Jason est né, je l'ai appelé. Je voulais juste le prévenir, c'est quand même mon meilleur ami… Et il s'est mis à pleurer. Tu te rends compte ?

NATHALIE

Michel a pleuré ? Le Michel que je connais a pleuré ?

PIERRE

Oui, c'est vrai ! Ça m'a surpris comme toi.

Pierre se retourne vers son fils, pour couper court à la conversation.

PIERRE

Tu entends mon Jason ? Tu arrives et déjà les gens pleurent de joie.

NATHALIE

Il aurait pu venir demain.

PIERRE

C'est quand même rare qu'il soit ému. En dix ans d'amitié, je ne l'ai vu pleurer qu'une fois. C'était pour le réveillon. On passait en 2005, et il s'est mis à pleurer dans mes bras.

NATHALIE

Il était bourré, c'est tout.

PIERRE

Non, il disait : « Ça me rend malade de quitter 2004. Je l'aimais bien l'année 2004… » Il était vraiment ému…

NATHALIE

Il était surtout bourré.

PIERRE

Et alors ! On a quand même le droit d'être bourré et ému à la fois. Fais-moi confiance… j'ai senti quelque chose dans sa voix. Enfin mon amour, tu le connais… c'est si rare de le voir manifester quelque chose d'un tant soit peu sensible…

NATHALIE

Ça, c'est sûr.

PIERRE

Alors ça m'a touché…

NATHALIE

Mais peu importe ! Je me rends compte que tu ne te rends pas compte.

PIERRE

Quoi ?

NATHALIE

De ce que c'est, un accouchement. Je suis crevée !…

PIERRE

Mais tu disais que tu allais bien. Que tout s'était bien passé.

NATHALIE

Justement, je veux profiter du moment. J'ai envie d'être seule. Avec toi. Avec Jason.

PIERRE

Cinq minutes. Je te promets. Pas plus. Et puis si tu veux, j'ai une idée. Tu n'as qu'à faire semblant de dormir. On ne fera pas de bruit, et après avoir vu le bébé, ils comprendront qu'il vaut mieux partir… hein mon amour, c'est bien ça ? On fait comme ça ?

Nathalie ne dit rien.

Je t'aime tu sais. Je suis tellement heureux de ce qui nous arrive. Nous sommes une grande et belle famille. Rien ne pourra nous arriver.

Nathalie semble subitement attendrie. Pierre est parfois fantasque, mais a un charme évident.

Scène 2

Michel et Sophie arrivent devant la chambre de Nathalie. Michel est très décontracté. Il peut être le genre d'homme à porter des bermudas et des chemises à fleurs. Sa fiancée, elle aussi, est très estivale. Ils ont l'air d'un couple en vacances.

MICHEL

Ah voilà, c'est là.

Michel s'apprête à ouvrir la porte.

SOPHIE

Attends !

MICHEL

Quoi ?

SOPHIE

Je ne sais pas… ça me fait peur.

MICHEL

De quoi ? De me voir ouvrir une porte ?

SOPHIE

Arrête, ce n'est pas drôle. Je te dis que ça me fait peur.

MICHEL

Et moi je te demande de quoi ?

SOPHIE

Mais de voir un bébé !

MICHEL

Tu as peur de quoi ? Qu'il te morde ? Qu'il ressemble à E.T. ?

SOPHIE

Tu sais ce que j'aimerais parfois ?

MICHEL

Quoi ?

SOPHIE

J'aimerais que tu m'écoutes. J'aimerais que tu respectes les moments où je tente d'exprimer mes angoisses.

MICHEL, *en soufflant*

Oh putain.

SOPHIE

Quoi ?

MICHEL

Rien. Je t'écoute. Exprime-toi. Mais rapidement, parce qu'ils nous attendent. Essaie de prendre le raccourci de tes angoisses.

SOPHIE

Oui… enfin… je ne sais pas trop… c'est juste une sensation comme ça… quelque chose qui me bloque…

MICHEL

Ben si tu veux, j'y vais seul. Si ça t'arrange, on peut faire comme ça.

SOPHIE

Mais non, justement ! Quand je ressens une angoisse, je veux qu'on la combatte tous les deux. L'amour, c'est ça. Je suis là pour toi, comme tu dois être là pour moi.

MICHEL, *agressif*

Tu ne crois pas que tu as mal choisi ton moment pour être chiante ?

Sophie ne répond pas et boude.

MICHEL, *se voulant rassurant*

Excuse-moi poupoune. Allez dis-moi tout.

SOPHIE

C'est juste que j'ai peur. Je n'ai jamais vu un bébé de ma vie.

MICHEL

Ah bon ?

SOPHIE

Oui… enfin, un nouveau-né. Je n'en ai jamais vu. C'est la première fois.

MICHEL

Oui, je me doute que si tu n'en as jamais vu, c'est donc que c'est la première fois.

SOPHIE

Michel !

MICHEL

Je veux bien t'écouter. Mais évite d'être redondante ! Tu sais bien que je n'aime pas les femmes redondantes, tu le sais bien, hein ?

Sophie est aux bords des larmes. Michel s'approche d'elle.

MICHEL

Excuse-moi ma bibiche. Je suis là… voilà… je t'écoute.

SOPHIE

Je ne sais pas pourquoi mais j'ai peur d'être traumatisée. De trouver ça moche. Et après que ça bloque quelque chose dans ma tête, le jour où j'aurai envie de faire un enfant.

MICHEL

Ah c'est ça… tu sais, je crois que ton problème c'est surtout que tu es très cérébrale.

SOPHIE, FLATTÉE

Ah bon ? Tu trouves ?

MICHEL

Mais oui ! Tu devrais te laisser aller… profiter de la vie !

Il s'approche d'elle, et commence à la toucher. À ce moment-là, l'infirmière passe.

L'INFIRMIÈRE

Je peux vous aider ?

Michel la regarde, hypnotisé.

MICHEL

Vous voulez nous aider ?

L'INFIRMIÈRE

Oui.

MICHEL

Mais à faire quoi ?… À…

L'INFIRMIÈRE

Vous cherchez peut-être une chambre ?

MICHEL

Oh… oui. C'est une bonne idée, ça.

Michel la regarde intensément, elle est gênée.

L'INFIRMIÈRE

Vous allez rendre visite à qui ?

MICHEL

On va rendre visite à qui ?... ah oui... on va rendre visite...

SOPHIE

On vient voir des amis. On discute juste un peu avant d'entrer dans leur chambre.

L'INFIRMIÈRE

Ah très bien.

L'infirmière repart. Michel la suit du regard.

SOPHIE

Bon ça suffit.

MICHEL

Quoi ?

SOPHIE

Tu me demandes quoi ? Mais tu as vu ta tête ?

MICHEL

Quoi ma tête ? Qu'est-ce qu'elle a ma tête ?

SOPHIE

J'ai bien vu qu'elle te plaisait. Tu pourrais être juste un peu plus délicat.

MICHEL

Quoi ? Cette fille ! Me plaire ? Mais tu débloques toi !

SOPHIE

Elle ne t'a pas plu ?

MICHEL

Oh la la, non ! Pas du tout mon genre. C'est bien simple, si elle ne nous avait pas adressé la parole je ne l'aurais même pas vue.

SOPHIE

Bon, ce n'est pas la peine d'en rajouter.

MICHEL

Je n'en rajoute pas… Elle ne m'a pas plu, je te dis… je l'ai trouvée… *(Après un temps)* je l'ai trouvée redondante.

SOPHIE

Redondante ?

MICHEL

Oui, elle a dit « vous cherchez une chambre » et puis après elle a repris « vous allez rendre visite à quelqu'un ? ». Je ne sais pas ce qu'il te faut, mais moi j'ai trouvé ça hyper redondant.

SOPHIE

Bon d'accord.

MICHEL

Non, vraiment pas du tout mon genre de fille. À la limite… un soir… où je me sens seul…

je ne dis pas… mais là, non rien… ça ne m'a rien fait de la voir passer… elle pourrait repasser que ça me ferait le même effet… enfin, le même effet qu'elle ne me fait pas…

SOPHIE

Tu as bientôt fini ?

MICHEL

Écoute c'est toi qui m'embrouilles avec tes questions ! Et puis avec ta façon de rester dans le couloir !… Ça me fout le cafard d'être là. Allez viens on rentre !

SOPHIE

Attends encore un tout petit peu s'il te plaît.

MICHEL

Tu ne me facilites vraiment pas les choses. Si tu crois que ça m'excite de voir un truc morveux sur lequel il va falloir se répandre en admirations.

SOPHIE

Tu n'es pas obligé. Tu peux être honnête si tu le trouves moche.

MICHEL

Je crois qu'on peut tout faire dans la vie sauf ça. Je vais dire qu'il est beau, et c'est tout.

SOPHIE

Tu as vraiment l'air de t'en foutre. Ce n'est pas très sympa. C'est quand même le fils de ton meilleur ami.

MICHEL

Oui c'est vrai. J'ai bien senti qu'il était ému quand il m'a téléphoné, bien senti que ça lui faisait plaisir que je passe tout de suite. Mais franchement, je n'ai jamais compris le concept d'aller voir le bébé. T'as déjà vu un truc plus inintéressant que d'aller voir un bébé ?

SOPHIE

Oui. Un film suédois.

MICHEL

Tu as de l'humour toi maintenant ?

SOPHIE

Ça doit être le stress. Je me sens très différente. Je sens que quelque chose de très important va se passer aujourd'hui. Tout peut arriver.

MICHEL

Oui, le record du monde à rester dans un couloir. Allez viens… on entre maintenant pupuce…

SOPHIE

Attends, encore une seconde.

MICHEL

Tu veux attendre qu'il soit majeur ou quoi ?

SOPHIE

Tu ne comprends vraiment pas que j'ai besoin de temps. Tu sais, ce n'est jamais anodin pour une femme d'aller voir une autre femme qui vient d'accoucher. Forcément, elle se pose des questions… cela la renvoie à son propre rapport à la maternité… *(On dirait presque qu'elle récite quelque chose)…* à son propre désir… en fait, c'est un peu comme si elle faisait un transfert.

Michel la regarde, consterné.

MICHEL

Ah non pas le coup du transfert. Faut vraiment que t'arrêtes de lire *Psychologies Magazine*.

SOPHIE

C'est méchant ça.

MICHEL

Pardon… Allez viens…s'il te plaît. Je craque.

Michel s'apprête à taper sur la porte. Sophie le retient encore.

SOPHIE

Ils l'ont vraiment appelé Jason ?

MICHEL

Oui.

SOPHIE

C'est hideux. À la limite, en anglais ça va. Mais là JA-SON… Ouh… c'est carrément moche.

Ils tapent et entrent dans la chambre.

Scène 3

Nathalie semble assoupie. Pierre fait tout de suite un signe à ses amis, pour bien leur montrer qu'il ne faut pas faire trop de bruit. Ainsi, au début de la scène, ils parlent assez bas.

Pierre s'avance vers son ami. Et le serre dans ses bras. Michel paraît presque surpris d'une telle manifestation.

PIERRE

Ah ça me fait plaisir que tu sois là.

MICHEL

Moi aussi mon vieux. Je te présente Sophie.

Pierre et Sophie se font la bise.

MICHEL

C'est la première fois qu'elle voit un bébé.

PIERRE

Ah bon ? Vous allez voir, c'est un petit ange.

Ils avancent doucement vers le couffin et se mettent à regarder le bébé.
Ils ne disent rien. Pierre les observe, attendant leur réaction.

PIERRE

Alors ?

MICHEL

Hein ?

PIERRE

Alors ? Vous le trouvez comment ?

MICHEL

Il est… vraiment… très beau.

SOPHIE

Oh oui, c'est une merveille.

PIERRE

Il vient de s'endormir. Si vous étiez venus un peu avant, vous l'auriez vu en train de sourire. Et c'est très rare un nourrisson qui sourit.

MICHEL

Oui, j'imagine que ton fils est formidable et qu'il ne fait rien comme tout le monde.

PIERRE

C'est vrai.

SOPHIE

Et puis Jason, c'est un si beau prénom. Ça lui va si bien.

PIERRE

C'est vrai, vous trouvez ? Ah ça me fait plaisir.

SOPHIE

Et votre femme, elle va bien ?

PIERRE

Oui. Elle est juste un peu fatiguée c'est normal.

SOPHIE

Je trouve que Jason lui ressemble.

PIERRE

Ah bon vous trouvez ?

SOPHIE

Oui, ils ont le même air endormi.

Sophie s'approche de Nathalie. De trop près. Cela gêne Nathalie, qui ouvre les yeux.

SOPHIE

Oh pardon. Je vous ai réveillée. Je suis désolée.

NATHALIE

Non ça va. Je me suis reposée un peu, c'est bon.

MICHEL

Ah ma belle, ça fait plaisir de te voir. T'as fait du beau boulot.

Michel embrasse Nathalie.

MICHEL

Je te présente Sophie.

SOPHIE

Bonjour. Et pardon encore. Et bravo. Et j'aime beaucoup Jason comme prénom.

NATHALIE

Merci.

MICHEL

Ça n'a pas été trop dur ?

NATHALIE

Non, tout s'est bien passé. Je suis content qu'il soit enfin sorti.

SOPHIE

Oui, j'imagine que c'est un peu comme un secret qu'on retient trop longtemps.

NATHALIE

Un secret qu'on retient trop longtemps ? Oui, c'est un peu ça, c'est vrai.

SOPHIE

Vous savez, c'est le premier bébé que je vois.

Sophie s'assoit sur le lit.

Une fois, j'ai failli en voir un. Une bonne copine à moi. Mais on s'est brouillées pendant qu'elle était enceinte. Pour un truc ridicule en plus, mais bon c'est comme ça. Alors du coup, Jason, c'est le premier. Et je suis soulagée… je peux vous faire une confidence ?

NATHALIE

Oui.

SOPHIE

J'avais peur d'être dégoûtée par tout ça. J'avais peur de voir une femme après l'accouchement. Et là… je dois dire…

MICHEL, *prenant Sophie par le bras*

Écoute mon bébé, on ne va trop les fatiguer. On va donner les cadeaux. Et puis on s'en va.

PIERRE

Des cadeaux ? Fallait pas.

MICHEL

Ça a été un peu précipité. Comme on est venus tout de suite. On s'est arrêtés dans le premier magasin qu'on a vu.

Sophie va prendre le sac. Et sors un paquet.

SOPHIE

Ça c'est pour Jason.

Pierre l'ouvre.

MICHEL

On a décidé de prendre un peu d'avance.

Pierre découvre avec stupéfaction une petite raquette de tennis.

PIERRE

Mais pourquoi une raquette ?

MICHEL

Je te dis, c'est le premier magasin qu'on a vu.

Nathalie se met à rire.

PIERRE

Ce n'est pas drôle !

MICHEL

Quoi qu'est-ce qui se passe ?

PIERRE

Non, c'est rien.

MICHEL, *à Nathalie*

Et ça c'est pour toi ma vieille. Pour que tu ne te laisses pas aller. Car le plus dur reste à venir. Perdre les kilos que tu as en trop.

SOPHIE

Je dois dire que j'étais contre ce cadeau.

Nathalie ouvre le cadeau.

NATHALIE

C'est quoi ?

MICHEL

C'est un truc pour les fessiers.

NATHALIE

Je te reconnais bien là. Toujours ton élégance légendaire... ça faisait longtemps. Depuis que tu es parti, tu ne donnes plus beaucoup de nouvelles !... Tu es parti quand ? Il y a au moins neuf mois ?

MICHEL, *un peu gêné*

Oui, ça devrait être à peu près ça. Neuf mois, plus ou moins.

PIERRE

Tu sais que tu m'as manqué au début. Ça me faisait bizarre de ne plus rien voir sur le canapé.

NATHALIE

Tout le contraire de moi. J'ai ouvert une bouteille de champagne le jour de ton départ. Tu te souviens comme on a bu ce soir-là ? À mon avis, c'est même le soir où l'on a dû concevoir Jason !

PIERRE

Oui c'est possible ! Difficile de savoir le jour exact, mais ça pourrait être ça. *(À Michel)* C'est un peu grâce à toi alors ?

MICHEL

C'est ça, oui.

SOPHIE

J'adore quand on peut refaire les histoires après coup. C'est à peu près à ce moment-là que j'ai rencontré Michel. Et je me souviens qu'il m'a dit qu'il vivait chez des amis. C'était donc vous les amis. C'est drôle de vous rencontrer en vrai. Jusqu'à présent, vous étiez comme des personnages de ma première discussion avec Michel. C'est drôle la vie, je trouve. Et puis, vous, Nathalie vous venez d'accoucher de mon premier bébé.... enfin... du premier bébé que je vois... et je vous observe... vous êtes lumineuse... je suis si émue par tout ça...

Sophie se met à avoir des sanglots dans la voix.

Je me demande si ce n'est pas, pour moi aussi, le plus beau jour de ma vie. En tout cas, c'est comme si je venais subitement d'entrer dans ma vie de femme.

Elle se alors retourne vers Michel.

Mon bibou, tu ne veux pas qu'on fasse un enfant ? Hein dis-moi ? Tu ne veux pas ? En plus, ce sera bien, il aura un copain qui a presque son âge. Il sera ami avec Jason. Dis-moi, tu ne veux pas ?

MICHEL

On en parlera dans la voiture, d'accord ? On a du temps jusqu'à Levallois, ça nous laisse le temps de réfléchir à tout ça.

NATHALIE

Vous savez Sophie, il faut peser le pour et le contre. Là, vous voyez un moment calme, mais ce n'est pas toujours facile.

SOPHIE

Oui, je me doute. Je n'avais pas vu de bébé, mais des adolescents chiants, j'en connais des tonnes. Je sais très bien que Jason va devenir un petit con geignard. Et en plus, il va avoir plein de boutons. Je le sais, tout ça. Mais je sens que quelque chose s'est réveillé en moi. Et ça, c'est grâce à vous.

MICHEL

Allez. On va faire un dernier petit bisou au bébé, et on y va…

Tout le monde s'embrasse.

PIERRE

Je vous raccompagne.

Pierre, Michel et Sophie sortent. Nathalie reste seule dans la chambre, et regarde son fils.

Scène 4

Ils se retrouvent dans le couloir.

PIERRE

Merci vraiment d'être passés. Et merci aussi pour les cadeaux.

MICHEL

De rien. Je voulais voir le bébé. Et voir ta belle tête de vainqueur. Je n'en reviens pas que tu aies trois enfants maintenant. T'es vraiment un héros moderne.

PIERRE

Ah bon tu trouves ?

MICHEL

Mais non, je déconne. T'es qu'un pauvre con qui va avoir une vie de merde… au sens propre du terme.

Pierre est gêné.

MICHEL

Oh ! Avoir un fils ce n'est pas perdre le sens de l'humour quand même ?

PIERRE

Tu as raison. Je ne sais pas ce que j'ai en ce moment. Je suis vraiment très premier degré.

MICHEL

Allez on y va.

Pendant cet échange, Sophie n'a pas dit un mot. Elle semble bouleversée.

SOPHIE

Je vais juste retourner voir Nathalie deux minutes. *(À Michel)* Attends-moi là.

MICHEL

Mais non, on rentre !

Pierre essaye de l'en empêcher. Mais c'est trop tard.
À partir de maintenant, la scène alternera, par la lumière, entre les deux décors.
Sophie entre à nouveau dans la chambre. Nathalie, debout, est penchée sur le couffin.

SOPHIE

Je suis vraiment désolée… mais j'avais envie de vous parler encore un tout petit peu. Je n'arrive pas à partir.

NATHALIE

Ah…

SOPHIE

Je peux vous demander quelque chose ?

NATHALIE

Oui.

SOPHIE

Est-ce que vous pensez que Michel ferait un bon père ?

NATHALIE

Vous voulez dire… Michel ? Vous me demandez pour Michel ?

SOPHIE

Bon, j'ai compris.

NATHALIE

Ce n'est pas ça. C'est juste que… c'est quelqu'un qui profite de la vie. Je ne suis pas certaine qu'il soit très fiable pour fonder une famille. Mais, je peux me tromper. Vous savez, je me trompe souvent.

SOPHIE

Vous ? Non ! Ce n'est pas possible. Ça se voit que vous prenez toujours les bonnes décisions.

NATHALIE

Vous vous trompez.

SOPHIE

Non, je le vois. Je sais voir les gens. Quand je vous regarde je vous vois.

NATHALIE

Oui, ça je me doute.

SOPHIE

Non réellement. Vous êtes merveilleuse.

NATHALIE

Je crois que vous dîtes ça parce que je viens d'accoucher. Je dois sûrement représenter une sorte de fantasme… alors vous m'idéalisez.

SOPHIE

Je vous idéalise ?

NATHALIE

Oui, enfin je dis ça comme ça. Mais vous ne me connaissez pas. Ma vie est un enchaînement de mauvaises décisions.

SOPHIE

De mauvaises décisions ?

NATHALIE

Oui. À chaque fois que j'ai hésité, j'ai fait le mauvais choix.

SOPHIE

Je n'y crois pas. Vous êtes heureuse ! C'est le plus beau jour de votre vie !

NATHALIE, *en souriant*

Vous êtes drôle.

SOPHIE

Et vous, vous êtes un peu sinistre quand même… avec tout ce que vous dîtes.

NATHALIE

Non pas sinistre. C'est juste que je me rends compte que j'ai raté beaucoup de choses.

Nathalie s'arrête et semble submergée par une émotion.

SOPHIE

Mais comment vous pouvez dire ça ? Vous venez de donner la vie !... Vous vous rendez compte de cette expression ? Donner la vie !

NATHALIE

Oui, vous avez peut-être raison. Mais... je me sens seule. J'ai l'impression d'être suspendue en permanence au-dessus du vide.

SOPHIE, *avec le ton d'une enquêtrice*

Vous vous sentez seule ?

NATHALIE

Oui.

Sophie s'approche de Nathalie et fait mine de réfléchir.

SOPHIE, *subitement*

Baby blues !

NATHALIE

Quoi ?

SOPHIE

C'est le baby blues ! Je le vois bien là ! C'est le baby blues tout craché ! Oh oui c'est sûr…

NATHALIE

Vous croyez que c'est ça ? Je ne l'ai pas éprouvé pour les filles.

SOPHIE

Oh la la… du coup, ça se trouve, c'est un triple baby blues qui vous attend.

NATHALIE

Vous croyez ? Je ne sais pas trop. Je sens juste que j'éprouve quelque chose de différent en moi. J'ai envie de dire ce que je ressens.

SOPHIE

Ah oui, c'est tout à fait normal.

NATHALIE

Ah bon ?

SOPHIE

J'ai lu un article sur le baby blues. Ils disaient que c'était souvent accompagné d'un syndrome de vérité.

NATHALIE

Un syndrome de vérité ?

SOPHIE

Oui. Comme une envie de dire tout ce qu'on a sur le cœur.

NATHALIE

Oui, c'est ce que je ressens. Mais je pense que c'est surtout lié à votre présence. Je ne crois pas au hasard. Si vous êtes là quelques heures après la naissance de mon fils, il faut forcément y voir un signe.

SOPHIE

Un signe ? Moi ? C'est la première fois qu'on me dit ça.

NATHALIE, *attendrie*

Je vous trouve très touchante.

SOPHIE

Touchante ? Moi ? C'est la première fois qu'on me dit ça.

NATHALIE

Vous savez, je crois que j'aimerais être un peu comme vous.

SOPHIE

Être comme moi ? C'est la première fois qu'on me dit ça…

Scène 5

La lumière change alors de côté. On retrouve les deux hommes.

PIERRE

Tu sais, j'aimerais parfois être un peu comme toi.

MICHEL

Oui, je m'en doute.

PIERRE

Avoir une vie de bohème… ne pas savoir ce que je fais demain…

MICHEL

Oui… enfin c'est surtout que le plus souvent, je ne me souviens pas de ce que j'ai fait la veille.

PIERRE

Sortir avec des filles, plein de filles… et des plus jeunes… elle est vraiment bien Sophie.

MICHEL

Ah ouais tu trouves ? Et encore tu ne l'as vue qu'à la lumière. Je ne te raconte pas la dimension qu'elle prend dans le noir.

PIERRE

J'imagine… ça doit être quelque chose.

MICHEL

Franchement, je crois que tu fantasmes un peu trop sur ma vie. Alors que toi… tu viens d'avoir un fils ! C'est tellement plus fort. Tu sais, moi aussi, ça m'arrive de me dire que j'envie ta vie.

PIERRE, *très étonné*

Ah bon ?

MICHEL

Bon d'accord, ça ne m'arrive pas tous les jours, mais parfois je repense aux moments que j'ai passés chez toi. Tu as une femme adorable. Elle est vraiment… superbe. Et deux filles merveilleuses. Et ton petit pavillon ! J'adore le jardin. Et tu sais comme j'aime l'arrivée d'eau. Pour l'arrosage, c'est dingue comme c'est pratique. Ton tuyau d'arrosage est fabuleux. Tu ne peux pas savoir comme je te l'envie, ce tuyau.

PIERRE

Tu peux l'acheter.

MICHEL

Non. Tout le problème est là. Pour acheter le tuyau, il faut avoir le jardin, la maison, la femme et les enfants. Le tuyau c'est l'apothéose d'une vie réussie.

PIERRE

Je n'avais jamais vu ça comme ça. Quand je m'emmerderais à arroser, je penserais à tout ce que tu viens de dire.

L'infirmière passe à nouveau. Michel l'arrête.

MICHEL

Ah rebonjour. Je voulais vous remercier pour votre gentillesse de tout à l'heure.

L'INFIRMIÈRE

Ma gentillesse ?

MICHEL

Oui, vous nous avez demandé si nous avions besoin d'aide.

L'INFIRMIÈRE

Peut-être.

MICHEL

Vraiment, je trouve ça très professionnel. J'en parlerai au directeur de l'établissement. C'est un ami.

L'INFIRMIÈRE

Ah bon vous connaissez Jean-Pierre ?

MICHEL

Très bien.

L'INFIRMIÈRE

Et vous vous connaissez comment ?

MICHEL

Une question de voisinage. Nous sommes voisins.

L'INFIRMIÈRE

Ah bon ? C'est surprenant.

MICHEL

Pourquoi ?

L'INFIRMIÈRE

Parce que je vis avec Jean-Pierre, et je n'ai pas l'impression de vous avoir déjà rencontré.

Michel est gêné, et se reprend tout de suite.

MICHEL

Pardon, je suis vraiment confus… c'est juste que je vous ai vue passer… et que j'ai été profondément troublé… Comme je n'ai pas été troublé depuis longtemps… alors j'ai dit la première chose qui me passait par la tête… je sais c'est ridicule… mais j'avais tellement envie de connaître votre prénom, votre nom… la moindre chose qui vous fasse sortir de ce monde atroce où vous n'êtes qu'une anonyme pour moi.

Pierre est subjugué par son ami. L'infirmière semble troublée par l'aisance de Michel.

L'INFIRMIÈRE

Je dois y aller. Je repasse tout à l'heure.

MICHEL

Oui, c'est ça. Je vous attends.

Michel se retourne alors vers Pierre. Et fait un sourire. Il y a un silence.

PIERRE

Tu sais pour revenir à mon tuyau d'arrosage, je suis bien content qu'il te plaise. Parce que j'avais hésité entre plusieurs modèles. Et ça me rassure d'avoir fait le bon choix. Parfois je pense aux autres tuyaux que j'aurais pu acheter, mais je me dis que le mien est vraiment le meilleur.

MICHEL

Oui ne t'inquiète pas. Tu as fait le bon choix.

PIERRE

Mais alors... Si tu étais si bien chez moi... pourquoi es-tu parti si vite ?

MICHEL

Tu le sais très bien.

PIERRE

Je le sais ? Ben, non… Tu es parti comme ça. Sans même un mot. Et après, tu n'as pas donné beaucoup de nouvelles.

MICHEL

Mais c'est Nathalie. C'est elle qui m'a demandé de partir. J'étais sûr qu'elle te l'avait dit, et que tu étais d'accord.

Pierre semble très surpris.

Scène 6

Retour dans la chambre.

SOPHIE

Ça me fait tout drôle ce que vous me dites.

NATHALIE

C'est vrai, je voudrais vous ressembler. Être libre… avoir une forme d'insouciance… me dire que tout est encore possible… vous savez Sophie… je vais vous dire quelque chose que je n'ai jamais dit à personne.

SOPHIE

Ah bon ?

NATHALIE

Je n'aime plus Pierre. Je ne l'aime plus depuis longtemps. C'est quelqu'un de trop lunaire, et je n'en peux plus. Au début, ça me touchait. Et parfois encore, c'est vrai, j'éprouve de la tendresse pour lui. Mais de l'amour, certainement pas. J'ai besoin de force, de racine. C'est pour ça que vous me plaisez. Vous avez vraiment quelque chose de concret en vous.

SOPHIE

Mais ce n'est pas possible ! Vous ne pouvez pas ne plus l'aimer. Vous venez de faire un enfant… c'est… c'est le fruit de l'amour !

NATHALIE

Eh bien justement, c'est la fin du repas.

SOPHIE

C'est terrible.

NATHALIE

Oui, sûrement.

SOPHIE

Je ne pourrais pas m'en remettre.

NATHALIE

Oui, enfin, ça va… ce n'est pas votre histoire.

SOPHIE

Oui, mais je suis là… juste après l'accouchement… je suis impliquée maintenant. Et j'apprends d'un coup comme ça… que tout ce que je vois est faux. Quelle immense déception !

NATHALIE

Vous prenez les choses tellement à cœur. C'est fascinant. Il y a une absence totale de filtre entre vos émotions.

SOPHIE

Absence totale de filtre. Merci… Ça me touche beaucoup. Enfin, je ne sais même pas si c'est un compliment.

NATHALIE

Oui, c'est positif à mes yeux. On dirait que vous avez le cœur dans la bouche.

SOPHIE

C'est beau. Vous parlez si bien. Je n'en reviens pas que vous me dîtes tout comme ça. D'accord il y a le syndrome de vérité, mais on se connaît à peine.

NATHALIE

On ne se connaît même pas du tout.

SOPHIE

Oui… c'est vrai. C'est quand même une belle marque de confiance. Ce que vous me dites, vous ne l'avez jamais dit à personne ?

NATHALIE

Pour tout vous dire, je n'ai plus personne à qui me confier. Ni mes sœurs, ni ma mère, ni mes amies… c'est incroyable le nombre de fois où j'ai essayé de parler de moi… et que personne ne m'écoute… ça vient sûrement de moi… j'ai l'air douce… je suis apaisante… alors on se confie… on se déverse…

SOPHIE

C'est vrai que juste avant que vous vous mettiez à parler de vous, j'avais très envie de parler de moi.

NATHALIE, *subitement excitée*

Sophie, si vous saviez comme j'ai envie qu'on me surprenne…

SOPHIE, *subitement*

Bouh !

NATHALIE

Ben, qu'est-ce que vous faites ?

SOPHIE

J'ai essayé de vous surprendre. Mais bon, c'est un peu raté. Je n'ai jamais été très bonne pour surprendre les gens.

NATHALIE

C'est gentil d'essayer.

SOPHIE

Ça veut dire quoi être surprise ?

NATHALIE

J'ai envie de me sentir vivante.

SOPHIE

Mais vous venez de donner la vie !

NATHALIE

C'est peut-être ça qui m'attriste. Je devrais être folle de joie. Et pourtant, je ne me suis jamais sentie aussi mal qu'aujourd'hui. C'est mon troisième accouchement, et du coup, je crois que je le vis comme une routine. Je suis arrivée ici, comme si j'allais au boulot.

SOPHIE

Oh la… effectivement… gros baby blues… très gros baby blues… en général, ça arrive au bout de quelques jours… mais là, il est direct… c'est la forme la plus violente.

NATHALIE

Ah bon ?

SOPHIE, *s'approchant de Nathalie comme pour l'ausculter*

Oui. Et je ne vois qu'une seule solution.

NATHALIE

Quoi ?

SOPHIE

Ben, le congelage.

NATHALIE

Quoi ?

SOPHIE

Oui, c'est à la mode en ce moment. Vous devriez congeler le petit. Il ne sentira pas grand-chose. Et puis, si vous le faites maintenant, c'est mieux.

Vous n'avez pas eu trop le temps de vous attacher.

NATHALIE

Mais ça ne va pas !… Vous êtes givrée !

SOPHIE

Oui, c'est le cas de le dire.

NATHALIE

Très drôle.

SOPHIE

En tout cas vous réagissez. Et ça c'est très bien ! Dans l'article que j'ai lu sur le baby blues, ils disent qu'il faut provoquer la mère pour tester son degré de dépression.

NATHALIE

Oui, enfin là… ça allait un peu loin.

SOPHIE

Oui, peut-être. Mais c'est très bon signe. Si vous ne voulez pas congeler Jason, alors il y a un espoir que tout aille mieux.

Nathalie sourit.

NATHALIE

Tu es vraiment une gentille, toi. Je me demande vraiment ce que tu fais avec… avec…

SOPHIE

Avec quoi ?

NATHALIE

Non rien… je ne sais plus ce que je voulais dire !… Je suis fatiguée…

SOPHIE

Je devrais peut-être vous laisser.

NATHALIE

Non, reste encore un peu. Je n'ai pas envie de me retrouver avec Pierre.

SOPHIE, *après un temps*

C'est vraiment fini… avec lui ?

NATHALIE

Oui. C'est tellement fini qu'il ne s'est même pas rendu compte que ce bébé n'était pas de lui.

SOPHIE

Quoi ? Vous voulez dire que… Père n'est pas le Pierre ? Heu… Que Pierre n'est pas le père ?

NATHALIE

Oui.

SOPHIE

Je n'en reviens pas… Vous voulez dire que Jason n'est pas le fils de Pierre ?

NATHALIE

Oui, dans ce sens-là, ça marche aussi.

SOPHIE

Mais comment… comment est-ce possible ?

NATHALIE

Je n'ai pas couché avec Pierre depuis plus d'un an. Tu imagines à quel point il est à côté de la plaque ?

SOPHIE

Oh je n'en reviens pas… c'est mon premier bébé, et je tombe sur un bébé avec un père qui ne sait pas qu'il n'est pas le père…

Sophie, subitement abattue par la révélation, vient s'asseoir à côté de Nathalie.

NATHALIE, *réconfortante*

Ça va aller…

SOPHIE

Mais alors ? Qui est le père ?

Scène 7

Retour dans le couloir.

PIERRE

Je n'en reviens pas. Je ne sais pas pourquoi elle ne me l'a pas dit. J'ai toujours pensé que tu étais parti, comme ça. Sur un coup de tête.

MICHEL

Sur un coup de tête de ta femme, c'est certain. Elle n'a jamais pu me supporter.

PIERRE

Ah bon ?

MICHEL

Parfois, quand je te parle d'elle, j'ai l'impression que je te parle d'une inconnue. Je ne sais pas ce qui t'es arrivé mon pote, mais tu es vraiment bizarre parfois. Comme à côté de la plaque.

PIERRE

Ah bon ?

MICHEL

Si je te rencontrais aujourd'hui pour la première fois, eh bien, je me demande si…

PIERRE

Quoi ?

MICHEL

Je me demande si je ne te trouverais pas un peu… con.

PIERRE

Con moi ? Mais comment tu peux dire ça ?

MICHEL

Mais tu as l'air de ne jamais rien comprendre à ce qu'on te dit ! Remarque, ce n'est pas que de ta faute ! C'est la vie aussi qui nous rend con. Année après année, le degré de connerie progresse en nous. C'est statistique.

PIERRE

Franchement, ce n'est pas très sympa ce que tu me dis.

MICHEL

Mais au contraire… c'est ça l'amitié… c'est de se dire les choses. J'essaye juste de te réveiller. Je n'aime pas trop ce que tu deviens. Tu es mou.

PIERRE

Moi mou ? Moi con ? Ça fait beaucoup pour aujourd'hui. Je préférais quand tu me parlais de mon tuyau.

MICHEL

Mais c'est amical ce que je te dis. Et puis avec Nathalie… regarde ce qui se passe… elle me vire, et elle ne te le dit même pas ! Tu es sûr de partager beaucoup de choses avec elle ?

PIERRE

Mais oui bien sûr. On partage énormément de choses ensemble. Tu ne peux pas savoir le nombre de couples qui nous envient. Parfois, je m'en rends compte, quand je marche avec elle. J'entends les gens souffler : « oh comme ça serait bien d'être eux… » Oui vraiment, on nous jalouse.

Michel le regarde sans rien dire.

PIERRE

Oui, enfin, on ne nous jalouse peut-être pas… mais on nous envie.

MICHEL

Mais Pierre, je ne te parle pas de l'image ! Je te parle du concret !

PIERRE

C'est quoi le concret ?

MICHEL

Le concret ? Tu veux du concret ?

PIERRE

Ben oui.

MICHEL

Est-ce que tu fais encore l'amour avec elle ?

PIERRE

Est-ce qu'on… tu veux dire…

MICHEL

Oui, est-ce que tu baises ta femme ?

PIERRE

Mais bien sûr ! Tout le temps ! Tu serais fou si tu savais la vitalité de notre libido. Quand elle était enceinte, ça n'arrêtait pas. Il y a des femmes qui veulent tout le temps des fraises, elle c'était du sexe ! Elle m'a crevé ! Alors tu vois… tout va bien entre nous…

MICHEL

Oui, enfin elle ne t'a pas dit qu'elle m'avait viré.

PIERRE

Tu as raison. J'ai besoin d'une explication. J'aime la vérité. J'aime que les choses soient limpides.

Il s'apprête à ouvrir la porte de la chambre. Michel le retient.

MICHEL

Attends. Il y a l'infirmière qui revient. Reste une seconde avec moi.

Scène 8

Retour dans la chambre.

SOPHIE

Il y a une chose que je ne comprends pas dans tout ça. Si vous n'avez pas couché avec votre mari… comment peut-il croire que l'enfant est de lui ?

NATHALIE

Il peut tout, je te dis. C'est une forme de poésie. Il ne se rend compte de rien. Par exemple, il ne voit pas que Michel est une ordure.

SOPHIE

Michel ? Mon Michel ? Là quand même… Nathalie… vous allez un peu loin.

NATHALIE

Mais non, c'est une pourriture ton mec. Il a passé deux ans chez nous. Et il n'avait qu'une seule envie : coucher avec moi.

Sophie semble choquée. Elle ne dit rien.

NATHALIE

Je dis ce que je pense ! Et puis j'ai de l'affection pour toi. C'est instinctif. Je préfère tout te dire. Tu m'en veux ?

SOPHIE

Non, c'est juste que je crois que vous allez trop loin, là.

NATHALIE

Tu peux me tutoyer.

SOPHIE

Je peux te tutoyer, mais ça ne change rien à la phrase. Je crois que tu vas trop loin.

NATHALIE

C'est un con. Fais-moi confiance.

SOPHIE

Bon... ça va... Je crois que j'ai compris que tu ne l'aimais pas. *(Après un temps)* Et je préfère ne rien savoir.

NATHALIE

Oui pardon. Je suis désolée. Je dois respecter tes sentiments.

SOPHIE

Oui. La vérité, ce n'est pas de blesser les autres. Moi par exemple, j'ai menti. Je trouve que Jason, c'est un prénom à chier. Eh bien, est-ce que je te l'ai dit, hein ? Non. Alors je n'ai pas envie d'entendre ce que tu dis sur Michel.

NATHALIE

C'est vrai ? Tu n'aimes pas ce prénom ?

SOPHIE

Mais non… oublions… c'est juste que je ne suis pas très bien aujourd'hui… et je m'accroche à mon histoire avec Michel. Et là, d'un coup… tu me dis toutes ces horreurs…

NATHALIE

Pardon, je suis allée trop loin. Mais c'est toi qui me pousses… avec ton syndrome de vérité… ton baby blues…

SOPHIE

Ça va quand même pas être de ma faute si tu critiques ma vie ! Occupe-toi de toi, ça a l'air déjà assez compliqué comme ça.

NATHALIE

C'est vrai. Excuse-moi.

SOPHIE

Pourquoi es-tu si agressive contre Michel ?

NATHALIE

Tu veux vraiment savoir ?

SOPHIE

Oui, maintenant que tu as commencé…

NATHALIE

Quand il était chez nous, il n'arrêtait pas de me tourner autour. Il voyait très bien que je ne couchais plus avec Pierre.

SOPHIE

C'est vrai que Michel a un très bon sens de l'observation.

NATHALIE

Oui, on peut voir les choses comme ça.

SOPHIE

Mais moi, j'ai de vrais sentiments pour lui. Quand je l'ai rencontré, c'était une période très triste de ma vie. Je venais de perdre ma mère.

Elle a énormément souffert. Un très long cancer qui l'a rongée.

Sophie s'arrête un instant. Nathalie s'approche d'elle pour lui témoigner son soutien. Elle reprend.

SOPHIE

Au début, je croyais que ma mère ne pourrait jamais mourir. C'était idiot comme pensée. Mais je me disais que si elle avait eu la force de me mettre au monde, alors quitter ce même monde lui serait interdit. Si tu savais comme j'ai aimé ma mère. Chaque jour sans elle est une souffrance insoutenable. Parfois, je sens bien qu'on me croit idiote, mais c'est juste que je n'ai plus rien en moi. Je suis pleine de vide.

NATHALIE

Je comprends…

SOPHIE

Et Michel, c'est à ce moment-là…

NATHALIE

Oui, je m'en doute.

SOPHIE

Quoi ?

NATHALIE

Je suppose que tu l'as rencontrée au cimetière.

SOPHIE

Comment tu le sais ?

Nathalie se tait.

SOPHIE

Comment tu le sais ?

NATHALIE

Écoute… peut-être que je ne devrais pas…

SOPHIE

Tu ne peux pas commencer des phrases, et t'arrêter après. Alors dis-le moi. Cette fois-ci c'est moi qui te le demande.

NATHALIE

Michel drague dans les cimetières.

SOPHIE

C'est-à-dire ?

NATHALIE

C'est-à-dire que j'ai vécu deux ans avec lui, alors je sais très bien ce qu'il faisait. Il allait souvent dans les cimetières pour trouver des jeunes filles effondrées.

SOPHIE

Mais c'est atroce de faire ça… atroce…

NATHALIE

Tu sais, si je te dis tout, c'est parce que je ressens une véritable affection pour toi.

SOPHIE

J'aurais préféré que tu me détestes. Je vais faire quoi maintenant ?

NATHALIE

Je ne sais pas. Peut-être que tout ce que je dis n'a pas d'importance. Je crois que je pourrais aimer quelqu'un dont les actes ne me plaisent pas. Je veux dire, j'aimerais éprouver un sentiment plus fort que l'analyse permanente des défauts de l'autre.

SOPHIE

Oh c'est compliqué tout ça ! Et… tu me fais du chaud-froid… je suis perdue. Tu me dis que mon mec est une ordure… et puis après, tu me dis que ça peut être formidable d'aimer cette ordure…

NATHALIE

C'est un peu ça.

SOPHIE

Je vois ce que tu veux dire… Après tout, je me doute que Michel est un séducteur… Est-ce que tout ça a une importance ? Je me souviens à quel point son entrée dans ma vie m'a fait du bien. Depuis des mois, je me sentais enfermée dans le mois de février. Le temps n'avançait plus. Tout était figé. Et lui, il a réussi à m'emmener loin de là, à me tirer vers mars. Puis avril. Et même le mois de mai.

NATHALIE

Alors tu vois, ça ne change rien. Mais au moins, tu sais la vérité.

SOPHIE

Et toi ? C'est quoi ta vérité ?

NATHALIE

C'est-à-dire ?

SOPHIE

Mais le père ! Tu ne veux toujours pas me dire qui est le père de Jason ?

Scène 9

Retour couloir.
Michel est très proche de l'infirmière. Pierre est à côté.

MICHEL

Je suis venu dès que j'ai su. J'adore les enfants.

L'INFIRMIÈRE

Vous en avez ?

MICHEL

Non malheureusement… je ne peux pas en avoir… c'est une grande souffrance pour moi. Alors je suis très proche des enfants de mes amis. J'ai de nombreux filleuls.

L'INFIRMIÈRE, *en désignant Pierre*

Vous êtes le parrain de l'enfant de Monsieur ?

MICHEL

Non… non… mais je suis le parrain de sa première fille… hein Pierre ?

PIERRE

De ma première… fille… oui… c'est vrai… un très bon parrain d'ailleurs.

L'INFIRMIÈRE

Elle s'appelle comment ?

MICHEL

Elle s'appelle comment ? Elle s'appelle…

PIERRE

Louise.

MICHEL

Ah oui… Louise… j'adore ce prénom. Au début, je me souviens tu voulais l'appeler

Juliette… et je t'ai dit que c'était bien mieux Louise. Hein, tu te souviens ? C'est moi qui t'ai poussé pour Louise.

PIERRE

Oui je me souviens. À mon avis, ça doit venir de toi ce choix.

L'INFIRMIÈRE

Juliette, c'est pas mal aussi.

MICHEL

Oui c'est pas mal, mais bien moins fort que Louise.

L'INFIRMIÈRE

Ah bon ? Je m'appelle Juliette.

MICHEL

Ceci dit, je n'ai connu que des Juliette fabuleuses. Et notre rencontre ne fait que confirmer cette vérité.

L'INFIRMIÈRE

Merci.

MICHEL

Je suis vraiment sincère. Le directeur de l'hôpital a une chance inouïe. J'espère qu'il ne manque pas de vous le dire tous les matins.

L'INFIRMIÈRE

Il part très tôt le matin.

MICHEL

Alors le soir ?

L'INFIRMIÈRE

Il rentre souvent tard.

MICHEL

Alors quand prend-il le temps de vous faire des compliments ?

L'INFIRMIÈRE

Pas très souvent… c'est vrai.

MICHEL

Si vous acceptez de déjeuner avec moi, vous verrez que je rattraperai le temps perdu par vos oreilles à ne pas crouler sous les compliments. C'est bien simple, vous me donnez envie de vivre dans ce couloir, car je sais qu'à tout moment, vous pouvez apparaître.

L'INFIRMIÈRE

Vous êtes un sacré flatteur.

MICHEL

Tout de suite les grands mots ! Ah je déteste ça ! On ne peut pas vanter la moindre femme qui nous bouleverse sans, tout de suite, être suspecté des plus basses intentions. Vous ne pouvez pas savoir comme ça m'énerve. Je vous observe, et je ne vous flatte pas mademoiselle. Je vous dis juste ce que je ressens. Je vous dis juste que vous êtes une infirmière qui me donne envie d'être malade.

PIERRE

Bon, je vais peut-être aller voir ma femme moi.

Michel s'approche de l'infirmière.

MICHEL

Oui vas-y… vas-y…

À ce moment-là, Sophie sort de la chambre. Elle voit Michel tout près de l'infirmière. Elle s'approche de lui. Michel s'éloigne subitement de l'infirmière.

MICHEL, *à l'infirmière*

Merci mademoiselle de vos conseils. J'irai consulter le cardiologue alors.

Sophie lui met alors une grande baffe.

SOPHIE

Espèce de salaud ! Comment tu as pu faire ça ?

MICHEL

Quoi ? Ça ne va pas ! Je suis juste en train de lui parler !

SOPHIE

Je ne parle pas de ça !

MICHEL

Alors quoi ? Poupoune… Qu'est-ce qui se passe ?

SOPHIE

Il n'y a plus de Poupoune ! Tu sais très bien quoi !

MICHEL

Mais non !

SOPHIE

Draguer dans les cimetières, ça ne te suffit plus ! Tu fais aussi les hôpitaux maintenant ?

MICHEL

De quoi tu parles ? Draguer dans les cimetières… mais ça ne va pas ! C'est Nathalie qui t'a dit ça ? Mais c'est faux ! Quand je t'ai rencontrée, j'allais voir la tombe de mon grand-père.

SOPHIE

Tu m'avais dit que c'était ta grand-mère !

MICHEL

Oh grand-père… grand-mère… c'est un peu pareil… surtout qu'ils sont morts tous les deux.

SOPHIE

Je me demande comment j'ai pu me faire avoir à ce point-là… *(À l'infirmière)* et vous, qu'est-ce que vous faites là à nous regarder ?

MICHEL

Ne l'écoutez pas… elle n'est pas dans son état… c'est la première fois qu'elle voit un bébé…

L'INFIRMIÈRE

Bon je vous laisse, c'est mieux je crois…

PIERRE

Moi aussi…

Pierre entre dans la chambre.

Scène 10

Retour chambre.

NATHALIE

Qu'est-ce qui se passe là-bas ? On dirait que ça chauffe.

PIERRE

Comment tu as pu me faire ça ?

NATHALIE

Quoi ?

PIERRE

Quoi ? Quoi ? Mais je sais tout.

NATHALIE

Tu sais tout…

PIERRE

Oui… Tu aurais pu m'en parler quand même !

NATHALIE

Oui… oui… de toute façon, je n'arrive plus à retenir la moindre chose… et puis tu l'aurais su un jour ou l'autre… ça se serait sûrement vu…

PIERRE

Ben oui, ça s'est vu quand même.

NATHALIE, *catastrophée*

Ah bon, déjà ? Je suis désolée… vraiment…

PIERRE

Oui, enfin… ce n'est pas la peine de te mettre dans un tel état. Tu aurais pu juste m'expliquer.

NATHALIE

Ah bon ?… Mais si j'avais su…

PIERRE

Allez c'est fini.

NATHALIE

Je ne pensais pas que tu le prendrais comme ça. Ça m'impressionne.

PIERRE

Tu vois, je peux encore te surprendre.

NATHALIE

Oui, c'est vrai. Je pensais que ce serait un ravage pour toi d'apprendre que tu n'es pas le père.

PIERRE

Quoi ? Qu'est-ce que tu viens de dire ?

NATHALIE

Moi ? Rien.

PIERRE

Si… tu as dis quelque chose !

NATHALIE

Non, je n'ai rien dit.

PIERRE

Tu as dit… que je ne suis pas le père !

NATHALIE

J'ai dit ça moi ? C'est le baby blues… sûrement.

PIERRE

Oui, tu as dit ça. Oui, tu l'as dit. Je l'ai entendu, car tu l'as dit ! Nathalie !

NATHALIE

Ça va j'ai compris.

PIERRE

Ne me dis pas… ne me dis pas…

Nathalie ne dit rien.

PIERRE

Je n'y crois pas ! Jason n'est pas de moi... Jason... Mon Jason... oh non, ce n'est pas possible...

Pierre se met à tourner en rond, comme un fou. Au bord des larmes.

Mais pourquoi tu me dis ça ! ? Pourquoi tu m'annonces ça aujourd'hui ? Pourquoi tu saccages le plus beau jour de ma vie...

NATHALIE

Mais... tu es entré très énervé... Et tu as dit que tu savais tout.

PIERRE

Mais je savais juste... que c'était toi qui avait viré Michel... je savais un tout petit truc de rien du tout moi... j'étais entré avec une petite grenade... Et toi ! Tu me fous une bombe atomique dans la gueule ! Oh... Bam ! Bam !

Pierre délire un peu, puis fait un malaise. Nathalie, très inquiète, se lève pour l'allonger sur le lit.

NATHALIE

Ça va ? Pierre, dis-moi que ça.

PIERRE

Tu veux que je te dise que ça va ? Mais ça ne va pas. Ça n'ira plus jamais.

NATHALIE

Tu veux que j'appelle l'infirmière ?

PIERRE

Ah non… pas l'infirmière… ou alors… dis-lui de venir m'euthanasier. Je veux mourir. Je ne veux pas voir grandir ce fils qui n'est pas le mien.

NATHALIE

Pierre, je t'en prie, ne dis pas ça. Je sais que c'est très dur ce que tu vis.

PIERRE

Tu as accouché d'un mensonge.

NATHALIE

Eh maintenant, nous sommes dans la vérité. Et on va être fort. Si ça se trouve, ça va nous souder plus que jamais.

PIERRE

Tu vas aller te souder avec quelqu'un d'autre. Moi, je ne veux plus rien… comment tu as pu me faire ça ?… Le plus beau jour de ma vie… et pourquoi tu me l'as dit ?… Mais il ne faut jamais rien dire. C'est un meurtre la vérité.

Il se met à pleurer. Nathalie est vraiment très mal à l'aise.

NATHALIE

Excuse-moi. Je pensais vraiment que tu savais. Tu es rentré furieux… et c'est quand même assez rare que tu sois furieux… hein ? C'est rare que tu sois furieux… et tu as dit : « je sais tout ! » alors franchement comment je pouvais savoir que tu ne parlais pas de ça… ?

PIERRE

Non, mais je vais me faire engueuler en plus.

NATHALIE

Non… non… Pierre… je suis désolée… tellement désolée…

Nathalie se lève pour aller lui chercher un verre d'eau.

Tiens bois ça. Ça te fera du bien.

Pierre boit. De toutes petites gorgées. Ça dure un moment. Il regarde sa femme en même temps.

PIERRE

Je peux en avoir un autre ?

Nathalie va chercher un autre verre. Pierre le boit. Il continue de la regarder.

Je te regarde, et tu n'es plus là. Il y a quelque chose d'extrêmement froid en toi. Je m'en rends compte maintenant.

NATHALIE

C'est normal que tu réagisses comme ça. Mais on gardera le secret. Et personne ne le saura.

PIERRE

Personne ne le saura ? Mais si tu pensais que je l'avais appris dans le couloir, c'est que quelqu'un d'autre déjà le savait !

NATHALIE

Oui, je ne sais pas ce qui m'a pris… mais j'ai tout dit à Sophie.

PIERRE

À Sophie ? ! Tu ne la connais pas depuis dix minutes, et c'est la première chose que tu trouves à lui dire ! « Bonjour ça va ? En fait, Pierre n'est pas le père ! » Et après, tu vas me faire croire que ça va rester entre nous. Non, mais vraiment tu te fous de ma gueule !

NATHALIE

Je sais, je n'arrive pas à expliquer pourquoi je lui ai tout dit.

PIERRE

Et Michel ! Elle va tout dire à Michel, c'est sûr ! Putain, elle va tout dire à Michel ! Il y a encore dix minutes, il rêvait de ma vie. Tu entends ça ? Il rêvait de ma vie !

NATHALIE

Parle moins fort. Tu vas réveiller Jason.

PIERRE

Je m'en fous de Jason ! Je te parle de Michel ! Il rêvait de ma vie… il rêvait de mon tuyau d'arrosage ! Tu entends ça ? Il rêvait de mon tuyau d'arrosage ? Et maintenant, tu crois qu'il va rêver ? Tu crois que le tuyau d'arrosage d'un cocu, ça fait rêver ?

NATHALIE

C'est tout ce qui compte pour toi. Ce que pense Michel ?

PIERRE

Oui, c'est mon ami. Quelqu'un en qui je peux avoir confiance.

NATHALIE

Quelqu'un en qui tu peux avoir confiance ? Vraiment ?

PIERRE

Ben oui.

Nathalie qui s'apprêtait à parler se ravise.

NATHALIE

Eh bien, je suis heureux pour toi que tu aies un tel ami.

Pierre s'assoit, abattu. Il marmonne « tuyau d'arrosage… ». Nathalie s'approche de lui.

PIERRE

Alors c'est qui le père ?

NATHALIE

C'est peut-être mieux qu'on en parle plus tard, non ?

PIERRE

Non, je préfère qu'on finisse de saccager ma journée.

NATHALIE

Mais elle n'est pas saccagée. Au contraire, c'est bien. On se dit les choses enfin. On parle. Et même là… je te regarde… tu es furieux… mais ça fait des mois que tu n'as pas été comme ça… j'ai l'impression que tu te réveilles subitement…

PIERRE

Je ne me réveille pas, j'agonise…

NATHALIE

Mais non. Ça fait si longtemps que tu n'as pas parlé fort. Depuis des mois, tu es comme une ombre. Ça me fait plaisir de te voir enfin réagir à quelque chose.

PIERRE

Tu es en train de me dire que ma réaction à ce que tu viens de me dire te plaît ? Mais je te découvre… tu es totalement perverse !

NATHALIE

Mais non… je suis juste perdue…

PIERRE

Tu me dégoûtes !… Bon c'est qui le père ?

NATHALIE

C'est un homme…

PIERRE

Je me doute que c'est un homme. Je suis choqué, mais pas encore complètement demeuré.

NATHALIE

Je l'ai vu quelques fois. Ça n'a pas d'importance. D'ailleurs, il ne sait même pas que je suis tombée enceinte de lui.

PIERRE

Et qui te dit que Jason n'est pas de moi ?

NATHALIE

Parce que tu ne m'as pas touchée depuis un an et demi.

PIERRE

Un an et demi ? Non, ce n'est pas possible. Ça fait quinze jours maximum.

NATHALIE

Un an et demi, je te dis.

PIERRE

Ah… Le temps passe vite.

NATHALIE

Il était temps que tu t'en rendes compte.

PIERRE

Je me rends compte surtout que mon fils n'est pas mon fils.

NATHALIE

Tu dois me comprendre. Il y a un tel fossé qui s'est creusé entre nous. Alors voilà, j'ai couché avec un autre homme. Ce n'était pas comme si j'avais eu une histoire amoureuse avec quelqu'un d'autre. C'était rien.

PIERRE

Oui mais maintenant, c'est tout. C'est Jason.

NATHALIE

Ça ne change rien, je te dis.

PIERRE

Pourquoi tu ne me l'as pas dit ? Avant, on se disait tout.

NATHALIE

Oui, enfin là, c'était un peu délicat. Mais c'est vrai que j'ai hésité. J'avais un poids dans le ventre avec le bébé, mais aussi un poids dans le cœur. J'aurais voulu t'en parler, mais je sentais bien à quel point tu étais heureux. Alors j'ai voulu te protéger, t'épargner. Quand ton copain m'a surprise avec cet homme, il m'a quasiment fait du chantage. C'est pour ça que je l'ai viré.

PIERRE

Quel copain ?

NATHALIE

Ben Michel.

PIERRE

Il t'a surprise avec l'autre ?

NATHALIE

Oui… tu m'as dit qu'il t'avait dit que je l'avais viré.

PIERRE

Mais il ne m'avait pas dit pourquoi ! Il n'est pas comme toi, lui ! Il sait tenir sa langue ! Alors, tu l'as viré pour ça ?

NATHALIE

Oui.

PIERRE

Il t'a vue !.... Et il ne m'a rien dit ! Il est parti, sans rien dire ! Et toi ! Tu couchais avec un autre homme ! Sur son canapé ! Sur le canapé de Michel !

NATHALIE

Il allait tout te dire, c'est sûr.

PIERRE

Et alors qu'il soit à la maison ou ailleurs, ça changeait quoi ? Tu ne voulais plus supporter son regard sur toi ! Voilà la vérité !

NATHALIE

Non, je pensais vraiment qu'il te dirait tout. Et d'ailleurs j'étais sûre qu'il venait aujourd'hui, dès la naissance du bébé, pour te parler.

PIERRE

Mais tu le prends vraiment pour un salaud ou quoi ? Tout le monde n'est pas comme toi ! Tout le monde ne passe pas son temps à tout balancer ! Heureusement, il y a encore des gens qui savent se taire ! Qui ne foutent pas en l'air la vie des autres, tout ça pour soulager leur petite conscience !

NATHALIE

C'est vrai… c'est vrai que je ne te ménage pas. Mais il ne fallait pas les inviter ! Il fallait laisser cette journée dans le silence. Dans le recueillement. Tous les trois.

PIERRE

Oui, c'est ça. C'est de ma faute maintenant.

NATHALIE

Non… non…

Pierre ne dit plus rien. Il se lève et s'approche du berceau.

PIERRE

Je ne vais pas pouvoir survivre à ce que tu viens de me dire. Jason… mon petit garçon.

Nathalie ne sait que dire. Elle s'approche de lui. Mais Pierre la repousse.

Remarque, ce qui est bien, c'est que je n'ai pas eu le temps de m'attacher à lui. C'est souvent ça le plus dur quand on apprend qu'on n'est pas le père. Là, quelques heures, c'est finalement moins pénible que vingt ans. Tu as peut-être bien fait de me le dire dès maintenant.

NATHALIE

Mais ne dis pas ça… tu vas t'attacher, c'est ton fils.

PIERRE

Non, c'est un truc qui est sorti de ton ventre. Voilà ce que c'est. Aucun sentiment de mon côté. Aucune émotion. Il n'a qu'à jouer au tennis avec son vrai père.

NATHALIE

Tu es sous le choc, mais je te connais tellement. Ça va passer. Tu es sensible, et tu vas l'aimer cet enfant.

PIERRE

Ah heureusement que tu me l'as dit maintenant.

NATHALIE

Oui. Il ne faut pas attendre pour dire les choses… ça peut faire encore plus de mal si on attend… alors… il est peut-être temps que… je dois te dire…

Elle s'arrête. Pierre se retourne vers elle.

PIERRE

Quoi ?

Elle ne dit rien.

PIERRE

Qu'est-ce que tu vas me dire encore ? Ne me dis pas… ne me dis pas que les filles… elles ne sont pas de moi ?

NATHALIE

Mais non, mais non, elles sont de toi.

PIERRE

Alors quoi ?

NATHALIE

Je ne t'aime plus.

Scène 11

Dans le couloir. Sophie est seule, en train de pleurer. Au bout d'un moment, Pierre sort de la chambre et la voit. Elle lève la tête.

SOPHIE

Vous avez un mouchoir ?

PIERRE

C'est drôle. J'allais vous poser la même question.

SOPHIE

Je ne trouve pas ça drôle.

PIERRE

Oui… enfin, c'est une expression. Parfois quand on dit « c'est drôle », cela ne veut pas dire que c'est drôle.

SOPHIE

Alors, il fallait dire « c'est triste ». Il fallait dire : « C'est triste. J'allais vous poser la même question. »

PIERRE

Oui…

SOPHIE

C'est juste que j'aime bien le premier degré des choses.

PIERRE

Vous aimez le premier degré ? C'est mon degré à moi aussi.

SOPHIE

Oui, enfin, c'est un degré où l'on est assis par terre dans un couloir d'hôpital, en train de pleurer.

PIERRE

Mais vous ne pleurez plus maintenant.

SOPHIE

Je ne sais pas.

PIERRE

C'est-à-dire ?

SOPHIE

C'est-à-dire que j'ai tellement pleuré les derniers mois que je ne suis plus vraiment certaine d'avoir encore des larmes disponibles. Alors, si ça se trouve, je suis en train de pleurer là, mais sans avoir de larmes.

PIERRE

Qu'est-ce qui s'est passé ?

SOPHIE

Ma mère est morte il y a presqu'un an.

PIERRE

Comme je peux vous comprendre. Mon père est mort il y a un an et demi.

SOPHIE

Ah bon ?

PIERRE

Je me rends compte chaque jour davantage que cela m'a ravagé. Mon père était mon modèle. Je me sens tellement plein de vide.

Sophie le regarde d'une manière étonnée.

SOPHIE

Vous avez Nathalie. Vous n'êtes pas seul.

PIERRE

Elle vient juste de me dire qu'elle ne m'aimait plus.

SOPHIE

Ah… je suis désolée.

PIERRE

Elle m'a dit ça juste après m'avoir dit que je n'étais pas le père de Jason. Enfin, il paraît que vous le savez.

SOPHIE

Oui…

PIERRE

Je me demande ce qui lui a pris de tout vous raconter comme ça.

SOPHIE

Le bon moment. Elle a dit que j'étais arrivée au bon moment.

Pierre la regarde.

PIERRE

Vous êtes arrivée au bon moment.

Sophie le regarde aussi, un peu gênée, puis reprend.

SOPHIE

Vous savez, je crois surtout que Nathalie a été très chamboulée par l'accouchement. Et ça me paraît normal. Elle va regretter sûrement…

PIERRE

Au contraire, elle me paraît être dans une énergie de vérité. Elle ne veut plus s'encombrer de rien. Je n'ai même pas discuté. Je sais que c'est fini entre nous. Mais vous voulez savoir le pire ?

SOPHIE

Si vous voulez…

PIERRE

C'est que ça ne me fait rien. Je me sens anesthésié. C'est quand même fou. On m'annonce ce qu'on peut annoncer de pire à un homme, que je ne suis pas le père de mon fils, que ma femme me quitte, et j'ai l'impression que le mal est déjà passé.

SOPHIE

C'est drôle, je ressens la même chose.

PIERRE

Vous étiez pourtant en train de pleurer.

SOPHIE

Oui, c'est vrai. Nous nous sommes disputés violemment avec Michel. Et puis, il est parti d'un coup. C'est le prototype du lâche. Il préfère fuir plutôt que d'affronter. Une fois seule, je me suis effondrée, mais c'était comme un soulagement. J'avais besoin que toute cette histoire finisse.

PIERRE

Elle est finie ?

SOPHIE

Oui elle est finie. Et elle est très symbolique de ma vie.

PIERRE

C'est-à-dire ?

SOPHIE

Je fais tout à l'envers. Mes histoires d'amour, je les commence dans un cimetière, et je les finis à la maternité.

PIERRE

Effectivement.

SOPHIE

Cela fait longtemps déjà que je ne lui faisais plus confiance. J'avais juste besoin d'une béquille à ce moment-là de ma vie. Et les choses étaient simples avec lui. Il est tellement primaire que je passais tout mon temps à réfléchir. Avant j'étais sorti avec des mecs intelligents, et je n'osais pas prononcer la moindre phrase à leurs côtés.

PIERRE

Vous avez déjà beaucoup d'expérience, on dirait.

SOPHIE

Vous savez. Tant qu'on ne trouve pas chaussure à son pied, on fait les boutiques.

PIERRE

Moi, je ne savais même pas qu'il existait des boutiques.

SOPHIE

Ça veut dire que vous étiez depuis toujours avec Nathalie ?

PIERRE

Oui, jusqu'à aujourd'hui, c'était la femme de ma vie. Nous étions ensemble au lycée, en fait. On vivait à Dijon.

SOPHIE

C'est une belle ville je crois.

PIERRE

Oui c'est bien. Mais je ne me souviens plus très bien. Ça fait longtemps. Et vous, vous avez grandi où ?

SOPHIE

J'ai grandi… entre Paris et Rome.

PIERRE

Ah bon ? Vos parents étaient séparés.

SOPHIE

En fait, j'ai grandi à Limoges. Mais comme je n'aime pas dire Limoges, je dis entre Paris et Rome.

PIERRE, *en riant*

Oh c'est vraiment drôle, ça ! Limoges… entre Paris et Rome.

SOPHIE

Ça me fait plaisir de vous faire rire. C'est rare que je fasse rire un homme.

PIERRE

Je me sens bien quand je vous parle. Je me sens vivant.

SOPHIE

C'est un peu ce que je ressens aussi.

PIERRE, *après un temps*

Vous ne voulez pas qu'on aille prendre l'air ?

SOPHIE

Prendre l'air ?

PIERRE

Oui. Et peut-être qu'on pourra tenter de le garder un peu.

Sophie et Pierre marchent, et quittent le couloir.

Scène 12

Nathalie, seule dans la chambre, prend son fils dans les bras, puis le repose. Elle chantonne une chanson. Michel entre.

NATHALIE

Qu'est-ce que tu fais là ?

MICHEL

Tu n'as pas vu Sophie ?

NATHALIE

Non.

MICHEL

C'est de ta faute tout ça. Qu'est-ce que tu es allée lui dire que j'allais draguer dans les cimetières !

NATHALIE

Je lui ai dit la vérité, c'est tout. Elle m'a beaucoup plu, et je voulais qu'elle sache avec qui elle était.

MICHEL

Tu ne m'as jamais aimé, c'est ça ?

NATHALIE

Si, au début, je t'aimais bien. Ça a duré une heure je pense.

MICHEL

Tu as typiquement le comportement d'une femme qui a toujours rêvé de coucher avec moi, et qui se le refuse au nom de la morale ! Mais la morale, c'est une invention de frigide.

NATHALIE

La morale, moi ?

MICHEL

Oui, remarque c'est vrai. Ma théorie ne tient pas debout. Tu n'as aucune morale ! Mais je maintiens… tu as toujours rêvé de moi !

NATHALIE

Alors quoi ? J'aurais du coucher avec toi quand tu vivais avec nous. Coucher avec le meilleur ami de mon mari ?

MICHEL

Oui, c'était ce qu'il fallait faire. Et nous aurions été heureux tous les trois. Avec lui, tu aurais eu la vie familiale et avec moi la vie sexuelle. Non, mais regarde-moi bien ! Ne me dis pas que tu ne regrettes pas ?

NATHALIE

Tu es complètement fou.

MICHEL

Je suis fou, mais je n'ai jamais rien dit à Pierre. Je ne lui ai jamais raconté ce que j'avais vu. Et toi, tu m'as jeté comme un mendiant.

NATHALIE

Arrête ton baratin. Tu allais lui dire un jour ou l'autre, c'est sûr. Et d'ailleurs, tordu comme tu es, j'ai pensé que tu débarquais aujourd'hui pour tout balancer. Pour gâcher ce moment de joie. Car je te connais, tu ne supportes pas le bonheur des autres.

MICHEL

Comment peux-tu croire que j'aurai été capable de faire ça ? Je n'avais pas prévu de passer. C'est lui qui a insisté.

NATHALIE

Il m'a dit que tu avais pleuré.

MICHEL

Oui mais pas pour ça. J'étais en train de regarde Bambi avec Sophie.

NATHALIE

Bambi ? T'as pleuré en regardant Bambi, toi ?

MICHEL

Ben oui, ça t'étonne ? Contrairement à ce que tu crois, je peux être sensible ! Et oui, Bambi ça me fait pleurer ! Quand je pense à ce salaud de chasseur…

NATHALIE

Bon, on s'en fout de Bambi. Tu n'aurais rien dit alors ?

MICHEL

Rien. Jamais. Contrairement à ce que tu crois, je respecte mes amis. Et j'ai été sûrement plus présent que toi.

NATHALIE

Pourquoi tu dis ça ?

MICHEL

Quand son père est mort, je ne t'ai pas vue beaucoup le soutenir.

NATHALIE

C'est faux.

MICHEL

C'est vrai. Tu l'as soutenu. Pendant une semaine, pas plus. Tu ne t'es pas rendu compte de ce qu'il traversait. Tu es le genre de femme qui critique en permanence le manque d'attention de leur mari, sans jamais remettre en question leur propre attitude.

NATHALIE

Écoute, je suis fatiguée. Je viens d'accoucher. Je crois que c'est déjà beaucoup comme ça.

MICHEL

Typique de toi. Tu bottes en touche. Je t'attaque. Je te dis que tu n'as pas été attentive à la douleur de ton mari, et aussitôt, tu changes de sujet. Sous tes airs de femme disponible pour les autres, tu es une véritable égocentrique.

NATHALIE

Très bien, je l'admets. Alors laisse-moi seule dans mon égocentrisme.

MICHEL

Tu m'as rejeté, car je suis le seul à t'avoir vue comme tu étais.

NATHALIE

Je t'ai rejeté, car tu es un parasite ! Et le fait que tu ne veuilles pas partir alors que je te le demande prouve encore que tu es un parasite. Oui, parasite ! Parasite !

MICHEL

Dès qu'on te dit quelque chose tu t'énerves. Tu es le prototype de … l'hystérique !

NATHALIE

Moi hystérique ? Moi hystérique ? Mais non… je suis très calme… Espèce de pervers ! Oui, gros pervers qui drague dans les cimetières !

MICHEL

Je ne suis pas pervers. J'aime juste consoler les femmes. Alors que toi, tu étouffes les hommes. Tu n'es qu'une castratrice !

NATHALIE

Tu ramènes tout sous la ceinture. C'est tout ce que tu sais faire. Tu es vulgaire. Terriblement vulgaire.

MICHEL

Tu es machiavélique. Tu manipules les gens.

NATHALIE

Tu es tellement primaire. On sent encore le singe en toi.

Nathalie imite le singe.

MICHEL

Tu prends les gens et tu les jettes, comme des cigarettes.

NATHALIE

Ou plutôt le chimpanzé.

MICHEL

C'est bon ? Tu veux faire tout le zoo ? Vas-y, ne te gêne pas. Rabaisse-moi tant que tu veux. Ce que tu penses, je m'en fous. Tu n'es rien pour moi. Mes oreilles, elles s'autoferment dès que tu parles. Tu es tellement méprisante.

NATHALIE

C'est faux, je ne te méprise pas ! Je te hais… c'est différent. Au moins c'est un sentiment.

MICHEL

Moi aussi j'ai des sentiments pour toi. J'hésite entre le dégoût ou la nausée.

NATHALIE

Ce ne sont pas des sentiments, mais des sensations ! Espère d'inculte ! Sois au moins précis dans tes insultes, pauvre type.

MICHEL

Je ne suis pas pauvre. Sois précise aussi !

NATHALIE

Je devrais être débordante d'amour aujourd'hui, mais je n'ai qu'une envie : te frapper ! Laisse-moi tranquille !

MICHEL

Vas-y. Mais fais attention à toi. Si tu m'attaques, je réplique.

Nathalie lève alors la main.

MICHEL

Vas-y ! Vas-y !

Nathalie amorce un mouvement. Michel lui attrape le poignet. Ils se retrouvent l'un contre l'autre, et se regardent un instant sans plus rien dire… avant de s'embrasser fougueusement.

Scène 13

L'infirmière marche dans le couloir. Frappe à la porte de la chambre, puis ouvre. Le spectateur ne voit que le couloir.

L'INFIRMIÈRE

Oh pardon !

Elle n'entre pas et attend devant la porte.

VOIX QUI VIENT DE LA CHAMBRE

Vous pouvez entrer.

Finalement, la porte s'ouvre. Elle entre, et la lumière apparaît du côté de la chambre. On découvre alors Sophie et Pierre et non Nathalie et Michel. Sophie finit d'enfiler un peignoire.

L'INFIRMIÈRE

Excusez-moi encore.

SOPHIE

Je vous en prie. Ce n'est pas le meilleur moment pour être pudique, c'est certain. J'apprécie votre délicatesse.

L'INFIRMIÈRE

Je venais voir si tout allait bien.

PIERRE

Tout va pour le mieux du monde. Hector se porte à merveille.

L'INFIRMIÈRE

J'aime beaucoup ce prénom, Hector.

SOPHIE

Non, vraiment ? Vous êtes sérieuse ? Car souvent on ne dit pas ce qu'on pense dans ces cas-là. Et c'est normal.

L'INFIRMIÈRE

Je vous promets, je suis honnête. J'aime ce prénom. Rien ne pourra jamais l'arrêter avec ce prénom.

SOPHIE

C'est gentil, ça.

L'INFIRMIÈRE

Je voulais aussi vous dire que je suis désolée pour ce qui s'est passé l'année dernière.

SOPHIE

C'est oublié. Et ce n'était certainement pas de votre faute.

L'INFIRMIÈRE

C'est vrai, je ne faisais que passer dans le couloir. Et c'est lui qui m'arrêtait à chaque fois.

PIERRE

Faut dire aussi que vous avez une sacrée façon de marcher dans un couloir.

Sophie relève la tête.

Non, rien. C'est une théorie que j'ai sur les femmes. Il y a les femmes debout, les femmes assises, et les femmes qui marchent. Chaque femme doit trouver sa meilleure position. Et vous, c'est incontestablement la marche. Et je me demande même si le côté couloir ne souligne pas davantage votre sensualité.

SOPHIE

Bon ça y est. Je crois que mademoiselle a compris. *(À l'infirmière)* Depuis que son fils est né, il théorise à tout va.

L'INFIRMIÈRE

Je vous laisse… n'hésitez pas si vous avez besoin de quoi que ce soit…

L'infirmière sort de la chambre.

SOPHIE

Qu'est-ce qui t'a pris de lui raconter tout ça ?

PIERRE

Il m'a pris que je le pensais, c'est tout. Et on a dit qu'on disait les choses entre nous. Jamais de mensonge.

SOPHIE

Oui, c'est vrai. Pas de mensonge.

PIERRE

Pas de mensonge.

SOPHIE

Alors je peux te dire quelque chose ?

PIERRE

Si tu veux m'annoncer que ce fils n'est encore pas de moi, je préfère que tu mentes.

Sophie ne dit rien.

PIERRE

Oh non, ne me dis pas qu'il n'est pas de moi.

SOPHIE

Mais non, tu es fou. Bien sûr qu'il est de toi.

PIERRE

Alors quoi ?

SOPHIE

Je n'arrive pas à te le dire…

Scène 14

Dans le couloir. Nathalie et Michel arrivent ensemble. Avec un cadeau.

Nathalie arrête Michel.

NATHALIE

Ça fait drôle quand même.

MICHEL

Je ne trouve pas ça drôle moi.

NATHALIE

C'est une expression… enfin, tu me comprends, c'est un peu bizarre comme situation.

MICHEL

Moi je ne trouve pas. C'est la valse de nos vies.

NATHALIE

La valse de nos vies ?

MICHEL

Oui, on tourne, on change. Et puis, il y a ceux qui restent à la même place.

NATHALIE

Comme toi ?

MICHEL

Oui comme moi. Je suis condamné à ce couloir. Condamné à visiter des bébés. Condamné à m'extasier sur les enfants des autres. Et moi ? Qui se demande ce que je veux ?

NATHALIE

Qu'est-ce qui t'arrive ?

MICHEL

Il m'arrive que je veux changer de place. Je veux être père, moi aussi !

NATHALIE

Mais ça te prend comme ça ?

MICHEL

Non, j'y pense tout le temps. Je m'occupe bien des enfants, non ?

NATHALIE

Oui c'est vrai…

MICHEL

J'ai fait mes preuves. J'ai changé. Tes filles m'aiment bien…

NATHALIE

Oui.

MICHEL

Alors pourquoi pas nous ? Notre histoire est si belle…

NATHALIE

Tu crois vraiment que c'est le moment ?

MICHEL

Ben oui. On est dans une maternité.

NATHALIE

Mon chéri, on en parlera plus tard… d'accord ?

MICHEL

Tu ne veux pas ?

NATHALIE

Ce n'est pas ça. Mais j'en ai déjà trois. C'est tellement d'énergie…

MICHEL

Je serai là… je m'en occuperai plus que toi si tu veux.

NATHALIE

Bon… on en parlera ce soir, d'accord ? Ils nous attendent.

MICHEL

Ils ne vont pas partir.

NATHALIE

Ce n'est pas bien de faire attendre un couple qui vient d'avoir un bébé.

MICHEL

Tu vois ! Toi, tu sais ce qui est bien, et ce qui n'est pas bien ! Car tu as trois enfants ! Et moi rien !… Et Un… et Deux… et Trois Zéro !

NATHALIE

Tu es sûr que ça va ?

MICHEL

Ça va bien ! Ça va même mieux que jamais ! Je sens quelque chose qui s'élève en moi… quelque chose que rien ne pourra arrêter !

NATHALIE

Te connaissant… je sais de quoi tu parles.

MICHEL

Non pas ça ! Je te parle d'un sentiment ! Je suis sérieux Nathalie… vraiment sérieux. Faisons un enfant tout de suite ! On leur laisse le cadeau devant la porte et on part. Pas de temps à perdre.

NATHALIE

Bon, arrête ton cinéma.

MICHEL

Ok, c'est bon. Je vois le topo. Je m'emballe. Je suis juste une passade pour toi… rien de bien sérieux… c'est ça ?

NATHALIE

Mais non, pas du tout…

Nathalie s'approche de Michel.

Je suis heureuse avec toi. J'ai toujours rêvé d'un homme comme toi. Un homme qui m'excite tout le temps. Tu as fait de moi une femme…

Michel est séduit par ce qu'il entend. Mais se reprend.

MICHEL

Oui, enfin tes compliments, c'est une façon de me dire que je suis un petit passe-temps sexuel, et c'est tout… je ne sers à rien… ma vie est si triste… je n'aurais jamais d'Hector, ni même de Jason… l'odyssée de la plus belle aventure humaine me sera pour toujours interdite…

Nathalie voudrait rire, mais voit à quel point Michel parle au premier degré. Il s'assoit le long du mur, à la même place que Sophie précédemment dans la pièce. Et se met presque à pleurer. Nathalie l'observe, sans savoir que faire. À ce moment, l'infirmière passe.

L'INFIRMIÈRE

Vous allez bien Monsieur ?

Michel lève la tête, sans rien dire.

L'INFIRMIÈRE, *dégoûtée*

Ah, c'est vous.

Michel se relève alors, et dit d'une manière sincère.

MICHEL

Vous ne voulez pas faire un enfant avec moi ?

L'infirmière lui met une baffe, et part.

MICHEL

Voilà, c'est ça ma vie.

NATHALIE

Mais non… arrête. Ta vie, c'est avec moi. Et je t'aime.

MICHEL

C'est vrai ?

NATHALIE

Oui, je t'aime Michel.

MICHEL

Moi aussi. Tellement. On peut adopter si tu préfères…

NATHALIE

Allez viens…

Ils entrent alors dans la chambre.

Scène 15

Michel entre le premier, et s'avance aussitôt vers Pierre. Il est ému d'une manière aussi inédite qu'intense.

MICHEL

Oh mon vieux… comme je suis fier de toi…

PIERRE

Merci…

MICHEL

Deux fils en deux ans… c'est si beau…

PIERRE

Oui, enfin, je te rappelle qu'il y en a un qui n'est pas de moi.

SOPHIE

On ne parle pas du passé aujourd'hui ! On profite du moment !

MICHEL

Oui, vous devez être sur un petit nuage.

PIERRE

On est si heureux, oui. Et c'est un peu grâce à toi… si tu n'avais pas rencontré Sophie dans un cimetière…

SOPHIE

Pas le passé !

PIERRE

D'accord… d'accord.

SOPHIE

Mais Pierre a raison. C'est grâce à vous… notre histoire. Alors c'était important que vous soyez là, tous les deux… le premier jour.

PIERRE

Et c'est incroyable ! Vous êtes arrivés tous les deux au même moment !

Un temps de gêne.

NATHALIE

Tout s'est bien passé ?

SOPHIE

Oh… oui… Hector est arrivé comme un prince.

Michel s'approche du bébé, suivi par Nathalie. Pierre les suit. Un petit temps d'attente.

PIERRE

Alors ?

MICHEL

Hein ?

PIERRE

Alors ? Tu le trouves comment ?

MICHEL

Il est… si beau.

NATHALIE

Oui. Si beau.

Pierre, fier, retourne vers sa femme. Nathalie prend alors la main de Michel.

PIERRE

C'était ça que tu voulais me dire ? Que tu les avais invités ?

SOPHIE

Pas tout à fait…

PIERRE

Alors quoi ?

SOPHIE

Eh bien, regarde leurs mains.

PIERRE

Quoi leurs mains ? Ils ont dix doigts chacun.

SOPHIE

C'est tout ce que tu vois ?

PIERRE

Ils se tiennent la main. Et alors ?

Nathalie et Michel se redressent, et se tournent vers Sophie et Pierre.

SOPHIE

Ils sont…

PIERRE, *comprenant subitement*

Quoi ? Non… ce n'est pas vrai…

MICHEL

Si… c'est vrai.

PIERRE

Vous vous tenez la main… parce que vous êtes… ensemble ?

NATHALIE

Bravo pour ta perspicacité.

PIERRE

Mais vous auriez pu me le dire quand même !

NATHALIE

On te le dit… maintenant.

PIERRE

Mais ça fait combien de temps ?

NATHALIE

Presqu'un an. Un peu en même temps que vous finalement…

PIERRE, *à Michel*

Un an ? Un an ! Un an que tu joues au beau-père avec mon faux fils ! Et je ne l'apprends que maintenant !

NATHALIE

On avait peur que tu réagisses mal.

MICHEL

Oui… je suis ton meilleur ami quand même.

PIERRE

Ça je le sais. Mais bon, des meilleurs amis comme toi… qui veulent me piquer mon tuyau d'arrosage, merci. *(À Sophie)* Et toi, tu le savais ?

SOPHIE

Bien sûr.

PIERRE

Mais tu aurais pu me le dire ! Je croyais qu'on se disait tout, mais il faut croire que non ! Et c'est toujours à moi qu'on cache tout, c'est fou !

MICHEL

C'est par amitié... on voulait te ménager.

PIERRE

Oui, c'est ça ! Et moi je me disais... il est vraiment sympa mon Michel, il passe souvent à la maison pour voir si Nathalie va bien, il s'occupe un peu des filles... ah je comprends !

MICHEL, *à Pierre*

Mais non, tu ne comprends rien ! Et tu n'as jamais rien compris d'ailleurs ! Tu crois que je me suis farci ton canapé pourri pendant deux ans parce que j'étais en galère ? Mais tu n'as rien vu. J'étais juste fou amoureux de ta femme. Je me suis démis toutes les vertèbres par amour. Mais je ne pouvais rien faire. Elle était ta femme, Pierre. Quand je l'ai surprise avec un autre homme, j'ai été dévasté. Je voulais mourir, je marchais dans les cimetières. Et c'est là que j'ai rencontré Sophie, grâce à qui j'ai repris un peu goût à la vie. Jusqu'au jour où tu me l'as piquée ! Alors tes leçons de morale, tu peux te les garder.

SOPHIE

Eh bien voilà, vous êtes faits pour être amis. Vous êtes les deux mêmes.

PIERRE

Non, pas du tout. Je n'ai rien à voir avec lui.

NATHALIE, *à Michel*

C'est vrai ? Tu m'aimais depuis si longtemps ? Tu as dormi sur le canapé pourri par amour… ?

MICHEL, *fier*

Oui.

NATHALIE

Je ne sais pas quoi dire. J'ai mis tant de temps à m'en rendre compte. Je te détestais tellement. C'était sûrement pour cacher mes sentiments les plus profonds. Je comprends tout maintenant.

Je comprends à quel point notre histoire était inévitable…

Nathalie s'approche de l'oreille de Michel, et lui dit quelque chose.

MICHEL, *fou de joie*

Quoi ? C'est vrai ?

PIERRE

Qu'est-ce qu'elle t'a dit ?

MICHEL, *à Nathalie*

Tu es sûre ?

NATHALIE

Oui.

SOPHIE

Mais qu'est-ce que tu lui as dit Nathalie ?!

MICHEL

Elle m'a dit… je peux le dire ?

NATHALIE

Michel veut qu'on ait un enfant tous les deux... et je sais maintenant que je le veux aussi.

Ils s'embrassent avec passion.

PIERRE, *d'un ton sec*

Nathalie, tu ne crois pas que ça commence à faire beaucoup ?

NATHALIE

Justement, cela ne compte pas. J'aime Michel.

MICHEL, *à Nathalie*

Moi aussi, je t'aime.

PIERRE, *s'approchant de Sophie*

Nous aussi, on s'aime. Et d'ailleurs, on en parlait avec Sophie... on a très envie d'un autre enfant.

SOPHIE

Déjà ? Mais Hector n'a que quelques heures.

PIERRE

C'est toujours mieux quand les enfants sont rapprochés.

SOPHIE

Oui, enfin, ce n'est pas toi qui le portes. Toi, ton effort dure 9 secondes… et moi 9 mois.

MICHEL, *en pouffant*

Neuf secondes ?

Sophie et Nathalie aussi se mettent à rire.

PIERRE, *à Michel*

Vas-y fais ton malin. Fais déjà un enfant, et on en reparle après.

SOPHIE

Bon mon amour, arrête de tout mal prendre ! Il te taquine, c'est tout. Et pour un autre enfant, on en parlera plus tard. Quand tu seras plus calme !

PIERRE

Mais il y a de quoi être énervé ! À chaque fois que je deviens père, on me sabote mon plus beau jour par une révélation !

MICHEL

Oui enfin là… c'était une petite révélation. Je veux dire… par rapport à l'année dernière.

NATHALIE

On peut arrêter d'en parler. Merci.

SOPHIE

Surtout, la révélation du jour ne te concerne plus. C'est leur histoire.

PIERRE

Un peu quand même. Ça concerne le quotidien mes filles. Alors, j'ai le droit d'avoir mon mot à dire.

NATHALIE

Michel les adore.

PIERRE

Je le sais. Elles me parlent toujours de lui. De toute façon, je ne vois pas pourquoi je m'énerve, vous préférez tous Michel à moi. *(À Sophie)* Et même toi… j'ai l'impression qu'il te manque, que tu t'ennuies avec moi. Tu n'es pas heureuse avec moi !… Ah je comprends tout maintenant… C'est moi le problème… je rends les femmes sinistres ! *(À Nathalie)* Mais regarde-toi ! Depuis que tu n'es plus avec moi… tu es radieuse ! Alors que Sophie est de plus en plus grise…

SOPHIE

Je viens d'accoucher.

MICHEL

Bon arrête. Et ne dis pas ça sur Sophie. Elle est radieuse aussi.

PIERRE, *à Michel*

Tu me jalouses parce que je fais des enfants… mais au bout du compte, les femmes ne sont bien qu'avec toi.

MICHEL

Ce que tu fais toi, ça n'a pas de valeur. C'est grandiose. C'est si facile d'être aimé quand on passe son temps à organiser des week-ends, à faire l'amour dans des motels, à se moquer du malheur des autres.

NATHALIE

Je ne suis pas d'accord. Il n'y a rien de facile à être léger. Tu as une vraie capacité au bonheur. C'est aussi pour ça que j'ai peur de faire un enfant avec quelqu'un comme toi. Ça change la vie d'un couple quand même.

MICHEL

Oui, ça change. Et c'est ce que j'attends depuis toujours. Je veux enfin être de l'autre côté.

NATHALIE

De l'autre côté ?

MICHEL

De l'autre du côté du couloir. Je veux être du côté de ceux qui attendent une visite. Ils se plaignent. Ils râlent. Ils sont fatigués. Mais au fond quel bonheur. Quel bonheur que d'être là, à sourire comme des cons, à s'étouffer de fierté parce que l'on vient d'accomplir gentiment le miracle de la vie. Et toi, mon ami, mon Pierre… je te vois si fier… et tu dis n'importe quoi, car tu es dans un état second. L'état du bonheur ultime…

PIERRE, *se calmant*

Sûrement… oui.

MICHEL

Peut-être que tout ce qui s'est passé entre nous quatre était un peu tordu, mais on est heureux. Et c'est ça l'essentiel.

SOPHIE

C'est vraiment un nouveau Michel là. Tu ne parlais jamais comme ça avec moi.

MICHEL

Nathalie me permet d'être la meilleure version de moi-même.

SOPHIE, *épatée*

La meilleure version de toi-même…

MICHEL

Je suis si heureux pour vous… un bébé…

Michel se met à chantonner, tout en s'approchant de Pierre pour lui passer une main amicale dans le dos. Puis, ils avancent tous les quatre vers le berceau.

SOPHIE

Il dort tellement bien. Je me demande souvent si les bébés rêvent.

PIERRE

On lui demandera quand il sera grand.

SOPHIE

Comment veut-il qu'il le sache ? Les bébés sont comme des poissons rouges. Ils n'ont pas de mémoire.

MICHEL

Tu veux que je vérifie ? Si tu veux je lui balance des horreurs… et on verra plus tard, s'il n'est pas un peu traumatisé.

NATHALIE, *en souriant*

Arrête…

MICHEL

J'ai tellement hâte d'y être. Que ce soit notre tour de faire une petite crevette boursouflée, et que tout le monde vienne nous dire à quel point on a fait la huitième merveille du monde. Et on choisira aussi un prénom à la con.

PIERRE

Tu trouves que c'est con Hector ?

MICHEL

Mais non, j'adore. Hector, ça sera le plus fort.

SOPHIE

Et le vôtre… vous l'appellerez comment ?

MICHEL

Ulysse !

NATHALIE

Oh oui Ulysse, c'est beau.

SOPHIE

Et si c'est une fille ?

MICHEL

Ce ne sera pas une fille. Ici, on ne fait que des garçons.

PIERRE

Des garçons qui seront forts, et qui nous battront au tennis.

MICHEL

Oui, peut-être, mais surtout des garçons qui sauront être émus par la démarche d'une femme.

Scène 16

Retour couloir.

L'infirmière fait un aller-retour. On entend surtout sa démarche.

Puis disparaît.

FIN

Mise en page par
Pixellence/Meta-systems
59100 Roubaix

Cet ouvrage a été achevé d'imprimer en avril 2016
dans les ateliers de Normandie Roto Impression s.a.s.
61250 Lonrai
N° d'impression : 1601434
N° d'édition : L.01ELIN000431.N001
Dépôt légal : mai 2016

Imprimé en France